시인의 향기

문재평 시집

시음사
시사랑음악사랑

QR 코드 스마트폰으로 QR 코드를 스캔하면
시낭송을 감상할 수 있습니다.

 제목 : 낙엽이 진다는 건
시낭송 : 박영애

 제목 : 섣달
시낭송 : 박영애

 제목 : 술병
시낭송 : 박순애

 제목 : 한파 속에서2
시낭송 : 박순애

시인의 말

보이는 것이 전부라 믿었던 적이 있었다.
다른 사람이 부러울 때도 많았다.
답답한 마음을 끄적이다 우연히 글이라는 것을
쓰게 되었고 글을 쓰는 재미가 이렇게 클 줄이야

시를 쓰며 세상 이치와 우주 만물의 원리
행복의 의미를 배우는.

눈에 띄지 않던 들꽃이 보이기 시작했고
고독과 사색을 즐기며
느림의 미학이 좋다.
시가 어느새 삶의 중심이요
행복의 꽃으로 피었다.

아직 많이 서툴고 갈 길이 멀지만
한 편의 시가 누군가의 영혼을 위로해 준다면
이보다 더 좋은 일이 있을까

시는 시인의 삶이요
굶주린 영혼의 단비이기에
한 편의 글로 행복을 주는
행복 전도사이고 싶다.

시인 **문재평**

목차

테마1 휴식

9 ... 그댈 위해

10 ... 그댈 위해2

11 ... 그녀의 미소

12 ... 그대의 향기

13 ... 하늘하늘

14 ... 나의 사랑

16 ... 나의 사랑2

17 ... 바보 사랑

18 ... 12월의 사랑

20 ... 내가 당신을 얼마나 사랑하는지
         당신은 알지 못합니다

22 ... 비가 오는 날에는

23 ... 그리움

24 ... 꽃이 진다고 슬퍼 말자

25 ... 욕심쟁이

26 ... 너를 잊기까지

28 ... 보고 싶다 말하면...

30 ... 그거 알아요?

31 ... 행복한 상상(꽃)

32 ... 여자 나이 오십쯤에

34 ... 세월이 흐른 뒤에...

36 ... 아버지의 빈자리

38 ... 사랑이 시작될 때

39 ... 어머니의 사랑

40 ... 엄마는...

41 ... 엄마 사랑해요

42 ... 향수

44 ... 깨꽃(참깨꽃)

목차

테마2 사색

47 ... 2월

48 ... 삼월

50 ... 목련

51 ... 목련이 지는 날에

52 ... 봄

54 ... 봄2

55 ... 봄날

56 ... 사월

57 ... 사월 예찬

58 ... 오월

59 ... 오월의 꿈

60 ... 봄이 좋은 이유

62 ... 벚꽃

63 ... 담쟁이의 꿈

64 ... 유월

65 ... 6월의 서정

66 ... 밤꽃

68 ... 자귀꽃

69 ... 소나기

70 ... 보도블록 사이에 풀꽃

71 ... 꽃

72 ... 열매를 맺기까지

73 ... 가을

74 ... 구월

75 ... 뭉게구름

76 ... 억새

77 ... 낙엽(落葉)

78 ... 낙엽이 신다는 건

79 ... 만산홍엽(滿山紅葉)

목차

80 ... 만산홍엽(滿山紅葉)2

81 ... 홍시2

82 ... 홍시

84 ... 단풍에서 낙엽까지

86 ... 시월의 대란(大亂)

88 ... 11월

89 ... 11월의 소고(小考)

90 ... 은행잎의 변신

92 ... 눈(雪)

94 ... 고드름

95 ... 고드름2

96 ... 처마 밑 고드름

98 ... 나무의 일생

99 ... 나목(裸木)

100 ... 나목(裸木)2

101 ... 섣달

102 ... 장맛비

104 ... 한파 속에서

105 ... 세월의 유산

106 ... 세월(歲月)

108 ... 세월의 오류

110 ... 가을이 행복한 이유

111 ... 고독(孤獨)

112 ... 개구리는 왜 우는가?

114 ... 고요함이 좋은 이유

115 ... 눈眼

116 ... 대나무의 실체

118 ... 대나무(竹)

119 ... 망각忘却

120 ... 드라이브

목차

122 ... 모순(矛盾)

124 ... 미니스커트

125 ... 바람이었나?

126 ... 병동에서

127 ... 부활

128 ... 비문碑文

130 ... 사람이 좋다

131 ... 소주 한 잔에는

132 ... 술(酒)

133 ... 단풍(丹楓)

134 ... 시의 빈곤

136 ... 술병

137 ... 식곤증食困症

138 ... 시집을 준비하며

140 ... 詩

142 ... 詩2

143 ... 詩3

144 ... 연화

145 ... 오늘

146 ... 오늘2

147 ... 은행나무

148 ... 인생

150 ... 인연

152 ... 인연2

153 ... 인생의 인연因緣

154 ... 일탈(逸脫)

155 ... 해우소(解憂所)

156 ... 치매

158 ... 행복

159 ... 황금어장

휴식

하늘이 맺어준
인연에 감사하고
짧은 세월
행복이라는
의미를 부여해 주고 싶은
소박한 바람을
그도 알고 있을까

그댈 위해

그댈 위해 꽃은 피고
그댈 위해 바람은 붑니다

그댈 위해 시를 쓰고
튤립은 영원한
사랑을 약속하였고

햇살은
따뜻한 미소로
반깁니다.

이 밤도 예쁘고
사랑스런 그대를 생각하면
설렘으로 밤잠을
못 이룹니다.

그댈 위해2

그댈 위해서라면
시인이요 가수
사진작가가 되어드리리다.

당신이 우울할 땐
감미로운 목소리로
사랑을 노래할 것이고

당신이 너무도
보고 픈 날에는
감성의 시를 쓰리다.

웃는 모습이 예쁜 그대
곱디고운 나만의 공주님
내 곁에 머물러 다오

그댈 위해
시인이자, 가수, 사진작가인 나는
세상 부귀영화 부럽지 않은
행복한 사람이오.

그녀의 미소

해맑게 웃는 그녀는
나의 비타민
노오란 민들레

예쁜 미소의 마음이 설레이고
선한 얼굴에 평안을 느낍니다

봄날 꽃길을
동행할 수 있음이
얼마나 큰 행복인지요

꽃보다 사랑스러운 그녀
그녀의 미소는 백만 불

시인이요
가수요
사진작가인 나는

시를 쓰고
노래를 부르고
렌즈 속에 아름다움을 담으리!

그대의 향기

청바지를 입어도 예쁘고
원피스를 입어도 예쁘고
미니스커트를 입어도 예쁘고

긴 생머리도 예쁘고
파마머리도 예쁜

커피를 마셔도 생각나고
시도 때도 없이 보고 싶고
그저 바라만 봐도 기분이 좋은 그대

이런 걸 사랑이라는 걸까?

자주 볼 수 없지만
그대 생각만으로
꽃이 피고
그대의 향기는
커피가 되어
살포시 입을 맞추는구려.

하늘하늘

언제부터인가
"하늘하늘" 이란 말이 좋다

코스모스 하늘하늘
억새도 하늘하늘
그녀의 원피스 하늘하늘

하늘하늘한 그녀가
웃고 있다
여성스럽고
사랑스러움에
애간장 녹는다.

나의 사랑

나의 사랑은 욕심쟁이
한 사람만 바라봅니다
시작은 어렵지만
불붙으면 끄질 못합니다

종잇장처럼 가볍지 않고
억새처럼 흔들리지 않습니다
어미가 알을 품듯
따뜻합니다

커피처럼 감미롭습니다
눈이 멀고
귀가 닫히고 이성을 잃습니다
세상에 오직 둘만이 존재합니다

섬세하고 다정다감하며
내 여자 앞에서는 듬직한 보디가드
하지만, 마음도 여려 상처도 잘 받고
눈물도 많습니다.

나의 사랑은 오월의 봄날
꽃이 피고 새가 날고
튤립 앞에서 영원한 사랑을 약속합니다.
그대 오월의 신부가 되어주시겠소?
나만의 공주님으로 모시겠습니다.

아카시아 향 가득한 봄날
벚꽃이 만개할 때
꽃잎 가득 월계관을 씌워드리리다

그대 외롭지 않게 "너를 사랑해" 노래를
불러 드리리다

사랑스런 당신께 한 편의 시로 사랑을
고백해 하리다

그대 지치고 힘이 들 때 꼬옥 감싸주고
눈물을 나눌 수 있는 벗이 되어드리리다

당신을 만나 내 삶은 외로운 나그넷길에서
가을날 시몬의 숲의 주인공입니다.

나의 사랑2

값비싼 보석은 사 줄 수 없어도
부드럽고 따뜻한 스카프를 선물하리다.
지키질 못할 약속은 하지 않고
과장된 언어로 현혹시키고 싶지 않소
소박하고 진실한 사랑으로
한 발 한 발 다가가리다.

꽃미남은 아니지만,
꽃을 든 남자이기에
꽃에게 꽃을 선물하리다.

봄이 오면 당신은 꽃밭에서
예쁜 모델이 되어 주세요
여름날에는 함께 우산을 쓰고
가을날에는 시몬이 되어
팔짱을 끼며 낙엽 길을 걸어요
스산한 겨울에 꽃은 없지만,
당신은 사계절 시들지 않는
꽃이기에 이미 내 가슴에 꽂혔소

우린 거부할 수 없는 운명이기에
한배를 탔고
나와 함께 달콤한 여행을 떠나요.

바보 사랑

너무 잘해주면 안 된다고 합니다
연락도 자주 하지 말라고 합니다

적당한 거리에서
밀당을 하라고 합니다

하지만, 마음이 가는 걸
어쩌겠습니까
보고 싶은 걸.

잘 짜여진 공식보단
감정의 충실하고 푼
바보 사랑입니다.

12월의 사랑

편지를 쓰고 싶어요
보고 싶다는 말
사랑한다는 말
미안하다는 말
아낌없이 하고 싶어요
글자가 조금 비뚤어도
표현이 조금 서툴어도
저의 마음이 담긴걸요

12월에는
따뜻한 털목도리를 선물하고 싶어요
언제고 당신과 함께 하고픈 간절한
바램을 아시나요?

12월에는
우리 기차 여행을 떠나요
눈이 내린 설원을 달리고 싶어요
새하얀 눈 속에 한 쌍의 다정한 학鶴이 되어
체온을 나누고 싶어요

그대 나를 만나 행복하셨나요?
수많은 사람 중에
운명 같은 사람,
알면 알수록 좋은 나는
행복 전도사.

내가 당신을 얼마나 사랑하는지
당신은 알지 못합니다

세상에 많고 많은 사람 중에
당신을 만나 기쁘고
때론 마음이 너무도 아픕니다

수많은 꽃 중의 꽃
당신은 오월의 신부 장미요
아름다운 발레리나요
노랑나비입니다

내 눈엔 오로지 당신밖에 보이지 않고
한결같이 당신만을 바라보는
시골 들녘에 순박한
해바라기 총각입니다

당신을 만날 때면 내 심장은
기분 좋은 떨림으로 요동칩니다
하지만 당신과의 헤어짐은
언제고 못내 서운해
눈물로 얼룩져 붙이지 못한
편지입니다

한발 다가가면 두 발 물러서는
끝없는 술래잡기요 숨바꼭질

그와 나는 영영 이루어질 수 없는
가혹한 운명인가요?

그대를 향한 나의 사랑이 부족한가요?

아직 나의 사랑을 받아 줄 준비가
안되셨나요?

내가 당신을 얼마나 사랑하는지
당신은 알지 못합니다.

찬바람이 모질게 불어
낙엽이 지는 어느 가을날

당신의 목을 꼬옥 감싸주는
따뜻한 스카프,
덩신만을 아끼고 사랑하는
든든한 아름드리나무이고
싶습니다.

비가 오는 날에는

그와 마주 앉아
가장 예쁜 컵으로
커피를 음미하고
싶어라

찻잔 가득
미소도 담고
진실한 내 마음도 담아
그에게 주고 싶어라

하늘이 맺어준
인연에 감사하고
짧은 세월
행복이라는
의미를 부여해 주고 싶은
소박한 바람을
그도 알고 있을까

언제부터인지
내 삶의 전부가 된 사람
하루라도 보지 않으면
눈이 아프고
목이 말라요.

그리움

문득
그대가 생각날 때

보고플 때
보지 못하는 아픔을
그대는 아시나요?

전화라도 하고픈데
하지 못하는
그 마음 아시나요?

사랑하는데
사랑을 받아주지 않는
아픔을 그대는 아시나요?

용광로가 세상을 집어삼키려 해도
동장군이 시베리아 바람을 몰고 와도
그대를 향한 나의 마음은 꺽진 못하오

그대가 눈물 나도록 보고를 땐
나 슬퍼 어쩌지요!

꽃이 진다고 슬퍼 말자

눈이 부시도록 좋은 날에는
그와 꽃길을 거닐고 싶어라

햇살이 별처럼 곱게 쏟아지는 날에는
정처 없이 떠나고 싶어라

걷다가 지치면 커피를 마셔도 좋고
무릎베개를 해줘도 좋으리

진달래, 벚꽃이 지면 튤립, 철쭉이 위로하고
철쭉이 진다고 슬퍼하면
아카시아가 고운 향
세상을 유혹하는데
내 어찌 봄을 마다하겠소

늦가을 국화마저 이별을 고할지라도
나 슬퍼하지 않으리
내 곁엔 언제고 사랑스런 들꽃
고귀한 당신이 있기에...

욕심쟁이

눈이 오려면
폭설이 와라
그녀가 오던 길 잃고
내 곁에 머물게

비가 오려면
소낙비가 내려라
비닐하우스에서
달콤한 입맞춤을
나누어도 좋으리

바람아
힘껏 불어다오
하늘하늘 그녀 꼭 안아주게.

너를 잊기까지

시시때때로 떠오르는 네 모습에
이유 없이 눈물이 나는 이유는 왜일까

칼에 베인 상처야 시간이 지나면 아물겠지만
마음의 상처는 무엇으로 보상받나

그와 거닐던 그 거리
추억이 파노라마처럼
스쳐 지나가고
차곡차곡 쌓아왔던 정은
하룻밤 풋사랑의 불과하단
말인가

한 사람을 잊기까지
검은 머리가 새고
수많은 불면의 눈물방울이 소주잔에 채워져
애틋한 그리움이 호수에 다다르면
잊혀 질 수 있으려나

젊은 날의 가슴 시린 순애보의 사랑을
인연의 순리라 생각해야 할지
아니면 추억 속에서 아름다웠다고 말할 수 있을까

뒤도 안 보고 떠난 임을 야속하다 말하기보다
내 사랑이 부족하지 않았나 돌아보고
그는 갔지만 나는 그를
보내지 않았네.

언제봐도 고운 내 사람
다시 와도 고이 반기리!

보고 싶다 말하면...

"보고 싶다" 말하면
나도 보고 싶어
메아리 되었음 좋겠다

"사랑해"라고 부르면
나도 사랑해라고
부메랑 되었음 좋겠다

그녀는
아기 같고
소녀 같고
레몬처럼 상큼하고
풋풋한 들꽃 같은
꽃봄 아카시아 월계관을 쓴 공주

그녀와의 키스는 오뉴월
태양보다 뜨겁고
초콜릿보다 달콤하다

그를 향한 간절함 그리움의 목이 메어
편지는 얼룩져 붙이지 못하고
방울방울 눈가에 이슬이 맺힌다

언제쯤 그를 향한 불꽃이 식고
평정을 되찾을 수 있을까

그거 알아요?

그거 알아요?
헤어지기 싫어
가까운 길도 돌아간다는 거

그거 알아요?
보고파서 눈물짓는다는 거

하루 종일 그대 생각만 한다는...

그댈 알고부터 다른 사람은
눈에 들어오지 않더군요

꽃보다 예쁜 그대,
가끔은 나도 사랑받고 싶다는 걸
그대는 아시나요?

행복한 상상(꽃)

향기로움에 이리도
기분이 좋은데
우리 공주는
얼마나 기뻐할까

꽃에게 꽃을
선물 하려고

화들짝 놀라 웃는
사랑스런 모습에
어느새 볼은 발그스레
복사꽃이 피었고
나도 몰래 그의
입술을
훔치며 탐닉하는

우리의 사랑은
라떼처럼
달콤하고
그녀는 세상에서
내가 사랑하는
유일무이한 꽃.

여자 나이 오십쯤에

아직도 나는 여자이고 싶소
꽃사슴 같은 눈망울
코스모스처럼 가녀린

미니스커트를 입고 거리를
활보하고 싶고
누군가의 사랑을 받는
여인이고 싶소

그대 아직도 고와요
나이보다 젊어 보여요

예쁘단 말보단
젊어 보인다는 말이 더 달콤한.

좋은 날 슬픈 날도 많았고
앞만 보고 달려온 세월
나의 삶은 어디에도

이제야 인생이
사랑이 무언지
알 것 같아요

가을날 단풍이 곱게 물들어가듯
나이의 굴레에서
폼나게 벗어나고 싶소

한 번은 시처럼
영화처럼 살고 싶소!

세월이 흐른 뒤에...

함석지붕을 뚫을 것 같은 빗방울은
지독한 소음이었는데
지금은 분위기 좋은 피아노 연주곡이다.

지천에 널린 풀들이 지겹기만 했는데
이제는 풀꽃도 아름다워라

시렁에 매달아 놓은 사각의 메주가
마냥 밉기만 했는데
그립고 아련한 추억이다.

어릴 적 늙으신 엄마가 창피했는데
엄마라는 두 글자에 눈물이 고인다.

막걸리 심부름이 마냥 싫었는데
서둘러 먼저 가신 아버지가 그립고

버스가 세 번 들어오던 시골이 싫었는데
돌이켜보니 물 맑고 공기 좋은 곳이었더라

우리 집에 든든한 머슴 누렁이 암소와
똥개 검둥이, 리어커, 지게, 비닐하우스
더없이 소중한 보물이었더라

아! 그때는 왜 몰랐을까?
그래도 돌아갈 고향이 있다는 것은
참으로 행복이라 말할 수 있다.

아버지의 빈자리

장인이 축대 위에 한 장 한 장 공을 들여
쌓아 올린 만리장성

한 치의 빈틈도 없는 성이기에
아성의 도전은 꿈도 못 꾸기에
에펠탑은 도전은 견주기도 부끄럽다.

바늘로 찔러도 피 한 방울
나오지 않고
물 한 방울 샐 틈이 없는 성이
병마의 공격에 불시에 함락되었다.

어찌 공든 탑이 하루아침에
무너질 수 있단 말이오
어찌 하늘의 해가 기울 수 있단 말이요
하늘이 무너지고 땅이 꺼지듯
세상은 암흑천지 천 길 낭떠러지

주인을 잃은 논밭은
잡풀만 무성하고
허청엔 빈 지게만이 덩그러니....

당신이 떠난 후 못난 자식
고향을 등지다
그리움에 다시 찾았건만
당신의 흔적은 빈 그림자조차
찾을 길 없고
무정한 메아리 허공을 가르더이다.

사랑이 시작될 때

첫눈에 반해서
사랑한 건 아닙니다
한두 번 만나다 보니
당신에게 끌리더군요
당신을 만나면 왠지 편하고 좋아요

가녀린 손을 잡을 수 있어서 좋고
고운 머리를 매만질 수 있어서 좋고
당신의 볼에 살며시 입맞춤도

투덜대는 모습도 마냥 귀엽게만 보이는
아무래도 피할 수 없는 운명인가 봅니다
조금 늦게 만났지만
아무렴 어떻습니까

가까이 살아서 더 좋은 사람
우린 인연인 것 같아요
나 또한 괜찮은 사람이니
한 번 믿어 보아요.

어머니의 사랑

어머니는
육 남매를 키우느라
고래 심줄 같은 허리와
쇠 말뚝 같은 무릎을
밭고랑에
다 팔아먹으셨다

겨울날에는 얼음장처럼
차가운 물로 빨래하셨고

언제고 근엄한 아버지의
방패막이 되어 주시던...

깨를 팔아 몰래 수업료도
주시던 어머니

자식에게 매 한 번 들지 않으신
한없이 인자하신 분

어미 소는
못난 자식이 그리워
동구 밖을 서성이다
망부석이 되셨다.

엄마는...

엄마는 계절을 모릅니다.
엄마는 나이를 잊었습니다.
용변을 못 가려
실수도 합니다.
자식을 조카라 부르기도 합니다.

지팡이 없으면
몇 발자국 걷기 힘든
어린아이

그래도 그런 엄마가 있다는 것이
그가 있어서
내겐 든든한 버팀목이요
행복임을 난 잘 압니다.

엄마가 세상에 없다면
빈자리가 얼마나 클지
몹시도 두렵습니다.
이 가을 잘 익은 홍시를 보며
눈시울을 적십니다.

엄마 사랑해요

가을바람은 살랑살랑 부는데
엄마는 왜 자꾸 멀어져만 가실까

여지껏 남과 다툰 적 없으시고
평생을 소처럼 일만 하고 사셨는데
왜 그리 몹쓸 병이 찾아와
기억을 모조리 앗아 갔을까

누구의 잘못도 아닌
엄마의 청춘
어디에서 보상받나

이러다 자식 얼굴도
몰라봄 어쩌지요

아무런 도움도 못 되는 불효자식
그저 목놓아 불러봅니다.

엄마 사랑해
힘내세요!

향수

언제고 고향은 내 마음의 평안
어미 소를 따르는 송아지
담장을 기어 올라탄 늙은 호박

장승처럼 우두커니 서 있는 팽나무야
눈비 맞으며 잘도 견뎠구나
세월의 흔적 고스란히 간직한 네 모습
언제고 반갑고 정겨우이

산새들 노래하고 들꽃 춤추는
내 고향 산마루,
광주리 머리에 이고
재를 넘어오시는 어머니
서산의 해를 쫓아 뉘엿뉘엿 넘어오시네

시오리 시장 먼 길 마늘 팔아
새 옷도 사오시고,
고등어 몇 마리 무 넣고
배부름에 웃음 짓던 그 시절

고향은 여전한데
나만 변했구려

가마솥 아궁이가 그리운 건
철철 끓는 사랑방이 그리운 건
무섭던 아버지가 그리운 건
밤새 새끼를 꼬시던 아버지...

어릴 적 소꿉장난이 그리운 건,
내 영혼을 달래줄 쉼터가
그리운 건 왜일까?

깨꽃(참깨꽃)

한결같이
이유 없이
잘해 주는 당신
당신은 전생에 빚을 많이 졌나 봅니다.
빚을 갚다 보니
허리도 굽고
무릎도 아프고
이제는 기억도 가물가물

하지만 세월이 흘러 이제는
당신에게 빚을 많이 졌네요
부끄럽고
미안하고
죄인 같은

아마도 빚을 갚기는 어려울 것 같습니다.
깨꽃을 보면 괜스레 눈물이 납니다.
당신의 땀과 눈물이 범벅이 돼
청춘을 불사르는 흰 꽃이 피었나 봅니다.
철이 들어 존경하는 사람의
이름을 쓰라면 주저 없이 당신 이름을 씁니다.

고맙습니다
사랑합니다 어머니!

이 아침 이슬처럼 영롱한 깨꽃을 보며
당신의 흔적을 더듬습니다.

사색

억압의 사슬에서 벗어난 해방의 기쁨
아직은 어설퍼 손만 잡았을 뿐이고
신은 자연과 사람 모두에게 자비를 베풀어
생명을 허락한
三冬을 견딘 인내

2월

울리고 달래고
한순간도
긴장의 끈을 놓 수 없는
방패연의 기氣 싸움이
팽팽하다

똥 마려운
강아지가 마중물을 부어보지만
마음만 급하지
싸늘히 식은 마음은
요지부동(搖之不動)

세상의 아까운 것이 많겠지만
제일 소중한 건 도둑맞은 시간이요
잃어버린 기회

겨울과 봄이 공존하는
경계 선상의 서 있는 너와 나

삼월

눈물, 콧물이 흐르는
세월을 지나
대지가 녹아
침샘이 열리고
솜털이 변해
젖몽울이 시작됐다

억압의 사슬에서 벗어난 해방의 기쁨
아직은 어설퍼 손만 잡았을 뿐이고
신은 자연과 사람 모두에게 자비를 베풀어
생명을 허락한
三冬을 견딘 인내

절정을 향한 쾌속질주(快速疾走)
누구도 막을 수 없기에
산야는 불야성을 이루며
잠 못 드는
일탈(逸脫)은 시작됐다.

겨우내 나목은
눈물 나는 이별을 감수했고
아가의 힘찬 발놀림
태동을 서두르자
최신 개봉 영화가
최종 리허설 준비로
대작을 향한 발걸음은 멈춤이 없다

그는 오늘도
달팽이 걸음으로
바삐 재를 향하고 있다.

목련

게슴츠레 실눈을 치켜뜨는
갓 태어난 강아지의 옹알이

태동의 서막을 알리는
순백의 블라우스

검은 실타래 속에 숨겨진
학鶴의 출생의 업보

이토록 고결한
백작 부인의 환생을
손꼽아 기다렸던 것이다.

목련이 지는 날에

학이 모두 떠난 빈자리
눈물로 얼룩져 변색된
브래지어 패드만이 초라하게
나뒹굴고 있다.
얼굴 가득 주름지고 검버섯이 피어도
외면하지 않고 한결같이
사랑하고 사랑하리다.

나의 첫사랑 그녀는
영원토록 내 가슴에
순백의 블라우스를 입은
고결한 소녀로 기억되기에….

봄

드디어 안녕
겨우내 옥죄고 있던
나의 분신과의 이별.

다들 어디 숨어있다
날 풀려 따팟하니
기어 나오는 건지....

따뜻한 봄 햇살이
여인의 외투를 벗기듯
뱀 허물 벗듯 미련 없이
벗어던졌지.

따뜻한 너의 품을 떠나
찬란하게 빛나는
꽃들의 향연

장미처럼 고운 신부와의 하룻밤,
달콤한 일장춘몽의 허상인가

봄이라는 거
천국의 축소판이요
꽃뱀의 유혹이거늘

아직 나의 사랑은
시작도 안 했는데
그는 몸달다 애써
떠나려 하네....

봄2

그대가 속히 오고
찬찬히 머물다 갔으면 좋겠다

그대가 보고파
맨발로 마중 나가고
떠날 땐 오던 길을
잊었음 좋겠다

오월의
신부라 부르리!

따뜻한 내 입술로 사랑을 속삭이는
초록이와 분홍이의 눈부신 사랑

우리의 사랑은 시작도 하기 전
막을 내리는
슬픈 영화 속 주인공은 아니고 싶다

난 그대가 찬찬히 머물다 갔으면 좋겠다

미련이 남지 않게 더디게 머물다
한 소절 시를 남기고
말없이 떠났으면 좋겠다.

봄날

봄이 오면 김소월의 산유화를
암송할 지경에 이른다
봄이 되면 사진작가가 된다

메마른 땅에 풀 한 포기 매지 않고
물 한 모금 주지 않았거늘
그들은 홀로 꽃망울을 잉태하고
눈부신 자태로 천국을 보여준다
오묘한 진리 앞에
자존심은 무릎을 꿇었다

미천한 시인의 가슴으로
당신을 표현하기엔 언어의 그릇이
작고도 작아.....

하지만 숨 가쁘게 달려온 그대 앞에
어찌 넋 놓고 있으리오

하루하루 계속되는 경이로움에
겸손과 사랑으로 봄날을
품에 안을 것입니다.

사월

길고 긴 대지의 침묵을 깨고
우리가 그토록 갈망하던
신기루에 접어들었다.

예정된 약속을 지키기 위해
산고의 고통 속에 싹을 잉태하고
발정 난 암캐는 끼를 주체 못 해 꽃을 틔우며
서둘러 지핀 불장난은 금세 식고 싸늘히 돌아서는
사내의 등을 그저 바라만 볼 뿐
원망도 미련도 갖지 않는다.

피고 지는 꽃을 통해 삶을 재조명하고
대자연의 경이로움에 숙연해져 오는,
사월은 발정 난 암캐와
바람둥이 수캐의 간사함이
공존하는 혼미한 꽃들의 향연이다.

사월 예찬

세상에는 말로 표현하지 못할
아름다움이 있다.
세상에는 누구도 상상하지 못한
원대한 꿈이 있다.

내가 만일 화가라면
양이 노닐고
벚꽃과 복사꽃이 어우러진
몽유도원(夢遊桃原)를 그릴 것이다

그곳엔 아픔도 미움도 없는
시공을 초월한 영혼의 자유,
위대한 유산 앞에 눈이 멀어도 좋을...

우리네 청춘이 쉬 저물듯
어느 날 찾아온 사랑 앞에 마음 졸이며 설레이다
떠날 때도 꽃눈이 되어 사랑으로 승화된
나비의 꿈에서 깨고 싶지 않은
무모한 바램.

오월

때가 차자 은신의 있던 전사들이
하나둘 진지를 점령에 군인들로 가득하다
기 싸움이 팽팽하다
여왕의 도도한 기세도 하늘을 찌를듯하고
때로는 피눈물을 흘려 동정심을 유발하기도

여왕은 어찌 보면 파티의 주인공이요 마지막 보루이다.
그마저 밀리면 상실감은 이루 말할 수 없고
시절을 거스를 수 없는 걸 알면서도
역행하려 함은
이율배반적 논리이기에
그저 소싸움을 지켜볼 뿐이다.
거침없는 싸움은 신데렐라 마법이 풀리며
종지부를 찍고
예정된 이별을 향해 쉼 없이 달린다.
구경하는 사람 또한 싸움을 못 말리고
입을 가린 채 즐기고 있는
다중인격의 봄은
열병을 앓고 있다.

오월의 꿈

오월이 되자 어느 곳을 가도 선명한 립스틱
자욱
때론, 격렬한 키스로 화장이 번지기도

여인의 발칙한 도발은
밤낮을 가리지 않으며 옷을 벗었고
갖은 아양을 떠는 구애의 눈짓에
마음을 빼앗기는

봄의 끝자락 정점을 찍으며
일장춘몽에서 깨어나는
낯뜨거운 정사 뒤 허탈함

봄이 좋은 이유

이제 집보다 밖이 더 좋습니다.
그대가 그냥 좋듯
마냥 좋은 계절입니다.
목련은 마음을 열고
진달래는 입을 맞추고
여인은 옷을 벗어 던지며
나비를 꿈꿉니다.

그러고 보면
억지로 되는 일은 없습니다

따뜻함은 사람, 꽃, 나무, 새
모두 좋은가 봅니다.

간사한 새들도 돌아와
노래를 부르고
꽃은 앞다퉈
끼를 발산합니다.
처녀는 허벅지를 드러내며
사내를 농락하고
분명 신기루임에 틀림없습니다.

봄이 무르익어
아카시아 숲을 걸을 때
우리가 꿈꾸는 천국의
소풍 온 것입니다.

벚꽃

몽실몽실 물안개처럼
피어오르는 연보랏빛 눈꽃

실크처럼 부드러운 감촉은
개구리알의 부화인가

비가 오면 꽃비가 되고
바람불면 서글픈
눈꽃 송이 흩날리는
찻잔에 띄우고 싶은
애틋한 그리움의 연서(戀書)

짧은 만남이 못내 아쉬워
새가 부르다 깃털로 승화된
무릉도원의 이별 연가(戀歌)

담쟁이의 꿈

스물스물 기어오는
달팽이처럼
어느 순간 옴짝달싹
못 하게 만드는 것은
이젠 사랑이 아니라
집착이라 말하고 싶구나

네 꿈이 뭐니?
파란 제국을 만드는 것이
정녕 너의 목표니?

때와 장소, 환경을 탓하지 않고
스파이더맨처럼 은밀히 타고 올라
도시를 점령한 거미줄의 왕국

타협을 모르는 지독한 고집불통이기에
그런 네가 가끔은 원망스럽기도 하지만
외로운 누군가를 꼬옥 감싸주는
따뜻한 벗이기에
이중적인 네 모습이 세상을 닮았구나.

유월

엊그제까지 양지를 칭송하던 나인데
어느새 그늘을 쫓는 간신배
두더지처럼 땅속을 좋아하고
그마저 없다면 플라타너스 몇 가닥
몸을 의지한 채
세월의 순응하는 한없이 나약한 존재

허기진 승냥이 밤을 지배하는 무법자
목숨을 담보로 은밀한 도전,
조물주의 오묘한 뜻이 어디에 있기에
그들의 존재를 인정한 것일까?

이른 새벽을 깨우는 낭랑한 울림 덕분에
알람이 필요 없는 부지런한 사람,
밤새 격한 사랑의 대가로
억새 위에 순수 대작을 만들고
하늘의 오묘한 능력 앞에 겸손이라는 두 글자를 가슴에 새기며
태백준령(太白峻嶺)을 넘는 인고의 여정.

6월의 서정

모든 잔치는 끝이 났다
이젠 좀 차분해지자
화려했던 만큼 허망함도 크고
미련도 남지만,
하룻밤 철없는 풋사랑은 떠나가고
내 곁을 지키는 소중한 당신

꽃이 졌다고 슬퍼하기에는
우리의 청춘이 아깝다
꽃보다 귀한 열매를 위해
채찍을 내리치고 있는 것이다

불타는 여름을 향해
고추는 하루하루 영글어 가고
벼가 소리 없이 자라는
감성은 포도송이에 알알이 맺혀있다

장미보다 화사한 접시꽃이
입을 맞추는
유월의 서정은 아름다워라.

밤꽃

동지섣달
추위도 견뎠건만
뭇 사내의 유혹에도
흔들리지 않았건만
점점 산이 무서워집니다.

갈래머리
애벌레가 꿈틀대며
풍기는 야릇한 향기
누군가는 잠 못 들더이다.

차곡차곡 쌓아왔던
명성은 모래성에 불과했고

여름밤 모텔에서 들리는
오르가슴의 괴성이
누군가에겐 고통을 주듯
발정기에 접어든 암캐
암내를 풍기며 부뚜막의 먼저 오르는
수절한 과부의 심정을 대변하고 있더이다.

마흔 노총각 말초신경을 자극한
수액은 봇물처럼 터져
세상을 지배하는...

어쩌자고 이리도 가혹하십니까
민망하여 고개를 돌리고
코를 막는,
소나기가 지나가기까지
무서워 외면 하렵니다.

자귀꽃

한평생 힘겨웠던 여정을 뒤로하고
이승의 인연을 끊던 날
깃털로 환생한 상사화(相思花)

아픔, 슬픔 모두 잊으라
호사스런 굿을 한다.

육신을 태우고
번민마저 사라져
영혼이 머물다 간
언저리

곱게 단장한 亡者
만장(輓章) 휘날리며
마지막 영혼을 불사르는
춤추는 꽃상여.

소나기

굶주린 피라미의 입질이 시작되었다.
성질을 돋우는 짓궂은 장난에
미간은 찌푸려지고
신경은 날카로워
폭발 일보 직전,
투견장의 맹견처럼
한 치의 물러섬이 없는
유방과 항우 해하垓下의 결전

천지를 뒤흔드는 용틀임
두 황소의 싸움에
세상은 두려움에 떨며
떡 본 김에 제사를 지낸다

생명이 있는 모든 것은
갈급渴急하다
탈출구가 필요하듯
걱정 따윈
맨홀 속으로 빨려드는
여름 한낮 情事 뒤 개운함

보도블록 사이에 풀꽃

길을 걷다 우연히 너를 보았어
그 좁은 공간에 물 한 모금 없고
구둣발에 짓이기고
가래침의 수모를 당해도
불평불만 하나 없고
지열 또한 대단할 터인데
그런 척박한 곳에 터를 잡은 거니?

너를 보며 세상을 탓한 나를 반성하고
감사하지 못한 지난날을 돌아본다.

꽃

말없이 예쁘다
봐도 봐도 예쁘다
같은 듯 다르며 예쁘다

하나가 피면 하나고 지고
약한 듯 강한 것이 꽃이요
우린 여자를 꽃이라 부른다

예쁜 만큼 허망한 것이 꽃이요
미색이 열흘을 못 넘기니
이보다 서글픈 일이 어디 있으랴

말 없는 꽃
살아 숨 쉬는 꽃

세상의 모든 꽃은
남정네 마음을 앗아가고
사랑을 먹고 사는
이슬과도 같은 존재이다

그대 가슴에 영원히 지지 않는
꽃이요 별이고 싶다.

열매를 맺기까지

입술이 부르트고
허리가 휠 정도의
격렬한 사랑
그 기세는 태양을 집어삼키고
용광로의 쇳물을 달궜다.
눈물도 떨궜다.
동물이 교미를 하듯
점지해준 교차점에서
미련 없이 욕정을 불태운다.

세상의 모든 것이 음양의 조화를 이루듯
자연의 섭리를 거스릴 순 없기에
풋사랑은 열흘을 못 넘겨 시들고
허상은 잠시 지나는 정차역일뿐
그 이상 그 이하도 아닌
미련을 갖기엔 청춘이 아깝다.

인고의 시간을 견딘 후
대기만성의 가치 아래
꿈은 가을날 황금알로 보답할지니..

가을

꼭 젊어야만 예쁜 줄로만 알았다
요란을 떨고 화려해야만
빛이 나는 줄 알았다

세월이 흘러도 아름답고
존재 자체로 빛이 나는
농후한 매력은 세상 무엇과도
비교할 수 없는
산전수전 속
꽃피운 열매

성실함과 기다림의 시간을 통해
풍요로움 속
추억의 돌담을 거닐며
우리 모두는 시몬이 된다.

구월

선선한 바람이 귀를 간지럽힌다
하늘에선 양 떼들이 무리 지어
크고 작은 섬을 만들고
누렇게 익어가는 벼를 보며
겸손을 배우는

평안을 누리는 가운데
석류는 낮술 몰래 먹은
새색시 얼굴로
변해간다.

봄이 볕이라면
가을은 바람이라 부르고 싶다.
혹독한 더위를 견딘 보상인지
거리엔 코스모스
신기루를 만들고

하루하루
주옥같은 시간
대자연의 향연
낭만과 사랑을
잉태하는 가을의
서막은 시작되었다.

뭉게구름

설산에 협곡(峽谷)이 가득하다
아침부터 사슴 한 마리가 먹이를 찾으려 떠돌며
기어오르다 연신 미끄러지기를 반복
오르고 싶지만
오를 수 없는 연무 가득한 미로

새하얀 목화솜, 아니 그건 풍만한 여인의 젖가슴
만지고 싶지만 만질 수 없는 허상
경이로움 속 웅장한 퍼포먼스

화폭(畵幅)에 빠져
시간 가는 줄 모르고
기어이 새벽닭이 울고 마는.

죽음을 부르는 옥빛처럼
환희 속에 얼어붙어
한 걸음도 떼지 못했다.

억새

오랜 세월 인간의 잣대에 의해서
기회주의자로
왜곡되고 낙인찍긴

흔들려도 쓰러지지 않는
생명력은
시대에 역행하지 않는
순리의 삶이요

하찮게 치부했던
자신을 돌아보고
존재의 가치를 생각할 때

어느 것이 풀이요
꽃이던가?

갈바람 부는 언덕에 서서
헛된 욕심도
바람 편에 실어 보내리.

낙엽(落葉)

상념의 조각
추억의 산실
만나고 헤어지는
끝없는 인연의 실타래

한해살이 생을 통해
생명의 고귀함과
인생의 고뇌를 모두
내포한 채
한 줌 재가 되어
자유롭게 승화하는 영혼이여!

혹독한 겨울 앞에 무릎을 꿇은
감성의 이슬 자욱

낙엽이 진다는 건

낙엽이 진다고
꼭 슬퍼할 일만은 아니다.
만남이 있음 헤어짐이 있듯
또 다른 시작을 의미하는 거다.

낙엽이 진다는 건
고향으로 돌아가는 거다.

우리 모두
자연에서 왔고
언젠가 헐벗은 한 줌 재로
자연 속에 뿌려질 것이다.

낙엽이 진다는 건
추억의 돌담을 쌓는 거다.

무수히 지나온 날들
한장 한장 떨어지는 잎에도
사연은 있는 법

우리의 추억도
그리움을 남긴 채
가을과 함께 아스라이
멀어져간다.

제목 : 낙엽이 진다는 건
시낭송 : 박영애

스마트폰으로 QR 코드를 스캔하면
시낭송을 감상할 수 있습니다.

만산홍엽(滿山紅葉)

밤새 때리고
낮엔 달래고
울리고 달래고
놀려대는
심술쟁이 영감 때문에
얼굴은 상기되고

멍든 곳은
핏대가 곤추서
사색이 되어가는 낯빛,
토라진 그 뒷모습도
예쁘기는 매한가지

활화산처럼 몰려오는
대자연의 반격을
막을 수 없기에
망연자실(茫然自失)
바라만 볼 뿐

지붕 위에서 위엄을 자랑하는
수탉의 힘찬 "꼬끼오" 외침에
세상은 금세 흡혈귀 왕국

만산홍엽(滿山紅葉)2

멀게만 보이던 산이
점점 내게 다가온다.
착하다고만 생각했는데
이제는 낮술 먹은 홍당무

북쪽에서 시작된 청년들의 토끼몰이
어느새 철책을 뚫고
피비린내 나는 전쟁의 서막을 예고한다.
핏대가 곧추서고
혈관이 터지는 아픔이다
해산의 고통이다
아무도 모르는 외마디 비명
어미와 자식 모두
눈물 없는
이별을 예고하는

강 건너 불구경
그들만의 잔치,
축제는 반쪽에 불과하며
새치가 늘며
탈모가 시작되는
끝내 별의 몰락

홍시2

기다림에 시간이
그렇게 지루한 일만은 아니다
비바람이 몰아치고
뙤약볕이 내리 쪄도
묵묵히 자리를 지키는

한 계단 한 계단
어금니를 깨물고
정상에 다다를 때
사랑도 인생도
익어가는 거

마지막 몸부림
정열을 쏟아부으며
기염(氣焰)을 토하는.

홍시

부정에서 긍정으로
낯섦에서 익숙함으로
시간이 흐를수록
깊어지는 너와의 연(緣)

오뉴월 예정된 이별에
눈물을 떨구고
갖은 훼방을 놓아도
인연의 끈
세월과의 약속은 저버리지 않았다.

밥은 잘 되어 윤기가 좔좔 흐르고
농축된 정액과
여인네 질 속의 끈적임
그건 마치 젤리와도 같았다

예쁜 꽃에
젓가락을 얹는
짐승, 사람, 곤충,
무위도식(無爲徒食)
별반 다를 게 없는
기회주의자 영역싸움

아무도 관심 없었지만
그는 어느새 무대의 주인공

단풍에서 낙엽까지

새벽녘 싸늘함은 이불 밖으로 나온
한 쪽 발을 통해서 미뤄 짐작할 수 있었다
집안에선 아전인수(我田引水)가 시작되었다.
그와 동시에 집 밖에선 누군가의
시린 눈물이 아른거린다.

모기에 물리듯
핏대가 서고
자연스레 깊어지는 시름
이별을 예고하듯
모질게 뺨을 후려친다.

대지의 기운을 바꾸는
계절은 변함이 없고
가을무 밑이 들어갈수록
이별 또한 가까워지는

가을이 깊어질수록
이내 인연을 끊고
속세를 떠난 해탈의 경지

마른걸레는
정처 없이 떠돌다
끝내 비스켓으로
허리가 부러지며
작별을 고한다.

시월의 대란(大亂)

그 누가 수탉의 목을 비틀었을까
처연한 곡소리 계곡에 소용돌이 되어
용솟음치네

북쪽에서 매몰찬 바람과 함께
진군의 깃발은 올라가고
황건적이 출몰하는 곳마다
토끼를 몰듯 일순간 쑥대밭이 되어
피를 토하고 사지를 떠는
처절한 절규의 외침

이별의 서막
주검의 그림자가 산야를 뒤덮고
혹독한 시련을 예고하듯
겁에 질려 사색이 되어
변해가는 가엾은 영혼

입영통지서가 도착한 날부터
어미와 자식
두렵고 떨리는 심정
예정된 이별 앞에 닭똥 같은
눈물을 흩뿌리고 있다

만나고 헤어지는 것이 비단
사람뿐일까
환희와 절망이 공존하는 계절

마음이 여린 그대여
눈물이 마르지 않는 이별 앞에
토닥토닥 내 너를 어루만져 주리

11월

가을도 아니고
겨울도 아닌
그저 그런 계절인 줄로만 치부했던
내 생각은 치명적 오류였다.
온 산야는
낯뜨거운 정사(情事)를 치루느라
정신이 없고
레드카펫, 옐로우 카펫은 경쟁하듯
가을 정점에 서다

뼈를 녹이는 사랑 앞에
오색별은
혼절해 거리에 날리고

그렇게 겨울이 오기 전
인연을 끊고
미련 없이
동면에 들어가는
예정된 이별 여행.

11월의 소고(小考)

어쩌면 나는 화가가 아니길 천만다행이다.
숨죽이며 다가오는 황건적의 무리,
꿩 깃을 어찌 표현해야 할지 고민하지 않아도 되기 때문이다
그저 강 건너 불구경만 해도
책임에서 자유로울 수 있기에….

머리에서 발끝까지
애무를 해서인지
신경은 곤두서고
뼈마디 후끈 달아올랐다.
어떤 놈은 이미 녹아내렸다

적갈색이 이리도 예뻤던가?
여지껏 들러리라 생각했는데
이제 보니 무대의 주인공

곱디고운 머리칼 힘없이 빠져 날린다
젊은 날 화려했던 기억은 흔적조차
찾을 길 없고
머리를 밀고 수도승의 입문 하려는지
속세의 찌든 때를 모두 떨궈 낸다.
허상이 아닌 진정한 자유인이 되어
서둘러 동안거(冬安居)를 준비하는.....

은행잎의 변신

처음엔 푸른 나비인 줄로만
알았어
소슬바람이 불자
이내 속내를 드러내며
황달 걸린 것처럼
누렇게 변해 가더군

어디선가 수없이 날아든
황금박쥐가 은행나무를
몽땅 집어삼켰어
그 빛깔이 어찌나 곱던지
흡사 봄날 개나리와 같고
황금주단이라 부를 만큼 곱더군

그렇게 한참을 신명 나게 놀더니
겨울비 내리는 밤,
참외는 허망하게 떨어지는 것이야

금싸라기는 어느새 무대의 주인인 양
보도블록 전체를
황금방석으로 뒤덮고
레드카펫보다 더 아름답게 빛나더군

금잔디는
쓸쓸한 11월
남자의 가슴을
노란 풍선으로
부풀게 하고
낙엽비가 되어
홀연히 이별을 고하더군

비에 흠뻑 젖은 그의 뒷모습도
그리 나쁘진 않았어.

눈(雪)

누군가 새벽 잠을 설쳐가며
시어를 낚듯
진정한 아름다움은
고요 속 신세계를 만들기 충분하다.

냉정 속에도 꽃을 피울 수 있다는 거,
패러다임을 깬 창조의 결실

민낯으로 아름다운
순수 대작

세월이 흘러도
설레임을 부르는
당신은 누구시길래
이리도 고우신지요

용기 내 이름을
적어도 되겠지요?
내 안의 숨겨논 사랑
이제사 꺼내 봅니다

흰눈이 소복이 쌓인 가지 위에
학이 머물다 가면
자체가 감동이요
작품인 것을....

당신을 보고 있노라니
내 눈이 멀 것 같아
눈을 감아도 좋으리!

고드름

사악한 뱀의 혀가 자라
죽음의 서곡을 연주하고
밤새 만든 작품은
누구도 흉내 낼 수 없는
고난 위의 행위 예술

냉정과 열정 사이를 오가다
처마 끝 정점頂點을 찍고

울고 웃다
굳어버린
샌드위치 패널과
잔뜩 발기된 순록의 뿔을
꼬마가 입에 넣는 순간
불같은 기세에
소임을 다하지 못하고 비명횡사非命橫死

강직하게만 보이던 것이
꼬마 병정들의
한나절 놀잇감에 불과하며
살아남은 자들 또한
두려움에 치를 떠는
대물림의 거룩한 일과.

고드름2

밤새 얼마나 서글픈
이별이 있었기에
눈물이 흐르다 말라
서리꽃을 피우고
기골이 장대한 돌기둥이
얼음꽃으로
죽음을 노래하는 것일까?

생각이 굳어져 독선이 되고
끝내 아집으로 똘똘 뭉친
냉혹한 승부사

대립보다
기다림의 시간을 통해
자유와 가치를 존중할 때
스스로 문을 열고
반길 것이기에
채근은 금물.

처마 밑 고드름

잔뜩 화가나 얼굴에 벌침을 쏘는 걸 보니
비로소 겨울이 왔구나!

처마에 거꾸로 매달려
공중부양을 하는 곡예사
도미노처럼
물구나무선 그와
잡고 있는 나 모두에게
가혹한 형벌임에 틀림없다.

가끔은 거꾸로 보는 거,
여인의 민낯을 보는 것 같아
당황스럽기도

불만이 있으면 말로 할 것이지
떼를 쓰며
물에 함께 빠지려는 물귀신 작전

하지만, 그의 고통 따윈 아랑곳하지 않고
한 편에서 소년의 칼싸움
동물적인 본능을 감추지 못하고
기골이 장대한 창대 창의 대결
불꽃이 튀고
엿가락이 부러진 뒤에야 승부가 가려지는
순록의 뿔싸움

한이 깊을수록
응고된 상처 또한 깊은

날이 밝으며 응고된 마음은 서서히 풀리며
눈물인지 침인지 모를 액체가 흐른다.
콧물처럼 똑똑.

나무의 일생

춘삼월 설렘 가득 축복 속에
태어난 아가야

여름내 울창한 숲 고운 자태로
새들과 나비, 사랑 노래 부르며
눈을 멀게 하더니
꽃 같았던 청춘은 가엾게 시들고
늦가을 찬 서리 모진 이별 앞에
어미는 손수건이 마를 날이 없구나

금쪽같은 자식들
떠나 보낸
이별 아닌 이별

속세의 찌든 때를 모두 다 떨구고
해탈(解脫)의 경지에 이르러
나비가 되어 자유롭게 나는구나

두 번 꽃을 틔우는 사이
인연을 되돌아보고
윤회의 의미를
반추(反芻)해 보누나!

나목(裸木)

여름내 지고 있던
수많은 고뇌의 짐은
어미의 몫이었다.

갈퀴로 긁고 낫으로 낚아채듯
한 줌 남김없이 훑어 버렸다.

어쩌다 남아 있는 자존심마저
너저분한 걸레처럼 초라한 모습이고

위선과 가식의 때마저
뱀 허물 벗듯
벗어던지고
긴 동면의 시간 속에 빠져들어

발가벗은
원초적 모습,
순진무구純眞無垢한
아이의 모습으로
새봄에 천연덕스럽게
잉태할 것이다.

나목(裸木)2

자식들이 미련 없이 떠난 빈자리
그는 어묵의 꽂은
뾰족한 창(槍)의 모습으로
변해있었다.

간사한 자들은 하나같이 시절(時節)을 쫓아
기회를 엿보며 떠나갔지만,
까치만은 유일하게 어미 품을 지키며
혹독한 시련 속 인고의 시간을
통감(痛感)하고 있고,

한해살이 생을 통해
삶과 이별, 끝없는 윤회의 생을
반추(反芻)해보고
죽은 듯 다시 살아나고
살고 다시 죽는
영생불멸(永生 不滅)의 불사신(不死身)
복지부동(伏地不動)의 모습으로
뜨겁게 사랑하던 한때를 그리워하는
애달픈 순애보의 사랑 그 자체이다.

섣달

바싹 가물어 엿가락처럼
금세 부러질 것만 같은,
인정이라곤
눈곱만큼도 찾을 수 없는
대지의 침묵.

小寒, 大寒 극한 대립 속에
추위는 절정으로 치닫고
입술이 트고 닭살이 돋는
시련을 통해
냉혈로 욕구를 채우려는
거대한 위력 앞에
고개를 떨구며
한없이 겸손해지는

하지만 목표가 있기에
한순간도 지체할 수 없고
준령이 아무리 험해도
세월을 막을 수 없고
섣달 끝자락 입춘이라는
선물 앞에 세상은 담금질을 이어간다.

제목 : 섣달
시낭송 : 박영애
스마트폰으로 QR 코드를 스캔하면
시낭송을 감상할 수 있습니다.

장맛비

새카맣게 몰려오는 중공군의 기세에 밀려
우리 아군은 한강 이남을 기점으로
계속 밀리고 있었다.

먹구름이 몰려온다.
전선에 전운이 감돈다.
일주일 가까이 소강상태를 보이던 전쟁은
여름 장마에 맞춰 또다시 시작되었다.

적장은 분노에 찬 얼굴로 장검을 휘두른다.
번쩍번쩍 빛이 나고 천지를 뒤흔든다.
아직도 성에 차지 않은 듯
잔뜩 찡그리며 울상을 짓는다.
우렁찬 목소리로 세상을 호령한다.

앞산, 뒤뜰에 검은 먹구름
세상천지를 뒤덮고
힘찬 오줌발에 맞춰 적군의 융단 폭격은
뾰족한 창이 되어 아군의 심장을 노리고 있다.

작은 초소는 금세 두 동강 나
박살이 나고
융단 폭격은 끝없이
이어지고 있다.

두려움에 나무 뒤에 숨어
빼꼼히 눈만 내밀고
사지를 떨고 있다.

적장의 기세가 잠시 누그러질 무렵
우린 황급히 채비하고 피난길을 택한다.

서둘러 자리를 뜨며 햇살이 환히 비추는
훗날을 도모하고자
마음을 다잡는다.

한파 속에서

매떼가 할퀴고 간 자리
하룻밤 사이 대지의 기운을 바꿔 놓았다.
밤새 얼마나 서글픈 이별이 있었기에
광기 어린 칼춤은 한낮에도 이어지는 것일까?
맹수의 울부짖음
안방 창문을 얼어붙게 만들어
세상과 단절을 예고하는

꽃씨를 뿌려
설산을 만들고
끝내 저주의 눈물로 얻은 부산물

이유 없이 눈물이 나는 아픔
애원해도 소용이 없는 몰인정함
냉혈로 욕구를 채우려는 야비함 가득
자비란 없다.

인간은 강한 듯
제일 약한 족속의
모순적 행태,
노총각의 방황과 절규
한파 속 극에 달해
소주에 의지해 잠을 청하는
고독에 시린 밤.

제목 : 한파 속에서2
시낭송 : 박순애
스마트폰으로 QR 코드를 스캔하면
시낭송을 감상할 수 있습니다.

세월의 유산

골이 깊어진다.
하루하루 양분을 빼앗겨 새겨진 문양文樣,
그 속에 웃음과 아픔이 거미줄처럼 걸렸다.
매일같이 태산을 넘으며 내공이 보석처럼 쌓인다.
지치지 않는 열정
여름과 겨울을 견딘 불굴의 전사
포기하지 않는 삶
그 자체가 위대하이!

혹자는 회춘을 바라지만
다시 돌아간들 고행을 피할 수 있고
후회하지 않는 삶이 될까?

하루하루 죗값을 치러
숫자를 늘려간다는 거,
온전한 쉼과 가까워지는
숙명일지니

존재의 가치?
세월이 남긴 숙제는 아닐런지...

세월(歲月)

영원할 거라 믿었던 초원에
피가 웃자라 점령해오고
잔물결이 자릴 잡았다.

가만히 있어도
밤새 누군가 노를 저어
아침이 오고 금세 찾아드는
산 그림자

내 의지와 상관없이 바람 따라 유랑을 하며
매일 새로 쓰는 거룩한 역사

평생 영달을 누릴 것 같은 교만과 달리
죄업은 가중돼
목이 절여오고
손바닥으로 하늘을 가리려 함은
어리석음의 극치라
말하지 못하랴

숫자놀음이 영원하지 않음을 알기에
우리는 무얼 얻고 잃어 가는가?

변화무상한 마음
알 수 없는 인연의 연속,
세월의 가르침.

세월의 오류

내 나이 사십쯤 되면
모든 것이 이뤄질 줄 알았다
여자가 마흔이 넘으면 아줌마라
매력이 없을 줄 알았다

나이가 먹어 갈수록 너그러워지고
욕심도 버리고
베풀고 살 줄만 알았다

나이를 먹으면
사랑의 굶주리지 않을 줄 알았고
성욕 또한 사라질 줄 알았다

나이를 먹으면 얼굴만 봐도
사람 속을 꿰뚫을 줄 알았고
모든 사람이 내 맘 같을 줄 알았다

세상 이치를 깨닫고
인생을 논할 거란 생각은
어리석은 오류투성이요
상처로 얼룩진 빈 수레로 남았고

사람은 환경에 길들어진
습관에 동물이기에
세월이 흘러도
변하지 않는
지구상의 유일무이한
아집쟁이에
구제불능의 존재임을
간과해선 안 될 일이다.

가을이 행복한 이유

봄이 볕이라면
가을은 바람이야
봄이 설레임이면
가을은 낭만의 계절

사실 단풍 낙엽도
바람의 작품이거든

난 바람이 좋다는 걸
이제야 알았어

푸른 하늘 속에
나의 꿈도
그와의 사랑도 영글어 가는
가을이 있기에
행복한 이유.

고독(孤獨)

시공을 초월한
정적 속 무심의 순간

나지막이 들려오는 휘파람새
적막을 지배할 때

외로움이 사치라
부르기까지
숱한 시간 눈물을 흘리고
혹독한 대가를 치루었기에

고독을 즐기는 건
나를 돌아보고
나를 사랑하는
진정 자유인으로
승화되는 것.

개구리는 왜 우는가?

개나리, 진달래, 벚꽃 눈부신 봄날
이 좋은 봄날에 개구리는 밤새 왜 우는가?
가슴의 무슨 한 맺힌 사연이 있어 객혈(咯血)을 토하나

절규한들 돌아올 수만 있다면
지옥불이라도 걸으련만......

칠백 서른날
울다 지쳐 잠이 들고
다리 한 번 쭉 핀 적 없네.
웃음은 사치가 되었고
외식은 꿈도 못 꾸리

꽃망울을 채 틔우기도 전
비명횡사(非命橫死)한 가엾은 영혼

무슨 잘 못을 했기에 이리
급히 부르셨나
하늘도 무심타!

4월 16일 초침은 멈추었고
싸늘한 외마디 비명만이
귓전에 맴도네..

고요함이 좋은 이유

정적은 미동이 없는 것을 의미하는 것은 아니다.
부산을 떨지 않아도 빨래가 말라가고
별이 생을 다하는

침묵 속에 끝없이 공전하는 세상

꽃을 보라
고요 속 이슬을 품고
영롱한 자태를 뽐내지 않은가

시인은 잠들지 않는다
올빼미의 본능으로 사색을 즐기며
영혼을 잠식한다.

세월이 흐를수록
고욕 속 평안을 찾는
자연과 혼연일체의 삶

눈眼

두 눈이 어둡다
눈을 뜨고 있지만
앞을 볼 수 없다.

정죄하기 바쁜
너와 나

예쁜 것만 좋아하는
이기심으로 똘똘
뭉친 욕심쟁이

명성名聲에 걸맞지 않은
제일 바보는
눈이요
조물주의 실수라
둘러대는 건
핑계요
사치일까?

대나무의 실체

사시사철 창백한 낯빛
곱디고운 여인의 목선 같은

결코 타협은 있을 수 없고
어찌 보면 소신이요
지조라 부르지만
융통성이란 눈곱만큼도 없는

겉모습과는 정반대로
내심 연애를 잘해
닭발처럼 생긴 발로
두더지처럼 기어
종족 번식의 최선봉에 서다

알다가도 모르는
사람의 마음처럼
겉과 속이 다른
두 얼굴의 이중인격자

삭풍이 불어오는
동짓달 어느 밤 달빛 아래
가녀린 허리에 눈꽃이 내려앉으면
고귀하고 가려한
난(蘭)의 모습으로
만개한 꽃을 틔운다.

대나무(竹)

가녀린 목선과
미끈한 허리,
단아하고 농염한
여인의 가증스런 교태嬌態

찬 서리에
바들바들 떠는
창백한 입술은
겁에 질려 사색이 된
혼령과의 입맞춤인가

감싸주고 싶은
내 여인을 닮은
하늘을 향한 끝없는
구애의 손길이여!

망각忘却

돈, 명예, 사랑
하물며 젊음까지
인간의 욕심은
도마뱀의 꼬리를 잉태했다
상실, 이 허무함은
용납이 안되는 자존심의 상흔

고행, 번뇌, 미련을 떨쳐버리는
이 오묘함을 어찌 말로 표현하리오

양날의 칼,
귀한 선물을 이해하기까지
참으로 많은 시간과 댓가를 치룬 뒤 얻은 결실입니다.

드라이브

햇살이 이토록 곱게 쏟아지는데
꽃이 이리도 예쁘게 피었는데
집에 있다는 것은
얼마나 서글픈 일 인가

네 바퀴의 편안함과 부드러움
싱그러운 바람을 가로지르는
자유를 향한 질주

들꽃의 향기따라
알콩달콩 사랑이 싹트고

햇살, 바람, 코스모스
이 모두가 우리를 위해 준비한 최고의 만찬
나는야 베스트 드라이버요
헤이즐넛 향이 풍기는 작지만 큰 카페,
또한 그녀만의 일급 전용 호텔입니다

우리만의 아지트에는
아카시아 향이
폴폴 풍기는 공주님과
공주님만을 바라보는 한 남자

우린 그렇게 올드 팝송을 들으며
재를 넘고 강을 건너
석양의 노을보다
더 진한 키스로 사랑을 속삭입니다.

모순(矛盾)

밤새 빨래가 말랐다.
마른 옷을 입어 좋긴 한데
건조함의 한쪽 구석이 휑하다.
산적한 숙제를 마칠 때마다
맥주 맛이 달콤하지만 한 걸음
봄날과 멀어지는 것 같아
내심 맘이 짠하다.

젊음
사랑
영생을 꿈꾸는 우리는
콩을 심어
황금알을 얻으려는 무모함

탐욕은 뱀처럼
빳빳이 고개를 쳐든
너그럽지 못한
우리네 인생

겉모습은
서리를 맞았지만
마음은 그대로이니
이 무슨 조화인가
인생은 논리적이지도
합리적이지도 않은
모순덩어리.

보이지 않는 것을
믿음이라 강요하는
신앙처럼
안개가 진할수록 햇살이 좋은
모순된 나날.

미니스커트

지리한 이념 갈등의
종지부를 찍은
베를린 장벽이 무너지고
진정한 해방의 기쁨으로
무릎 위에 깃발을 꽂은

절제만이 미덕이라 여겼던
시절은 속절없이 가고
온몸 전체가
불구덩이 속에
빠져 있기에
주체할 수 없는
끼를 발산하는
물 만난 고기

예뻐지려는 욕망은
뼛속 시린 추위도
아랑곳하지 않고
활활 타올라
세상을 집어삼키는
거대한 블랙홀.

바람이었나?

너와 나의 만남이
운명인 줄 알았는데
한순간 머물다 가는
바람이었나?

너와 나의 만남이
인연이라 믿었는데
한순간 스치는 바람이었나?

영원할 거라던 언약은
바람 앞에
촛불이었나?

속절없이 흐르는 세월
우리네 인생이
한순간 바람이었나!

병동에서

돼지 멱따는 소리가 세상을 지배할 때
경광등은 바삐 돌아가고
한 편에선 피 말린 시간과의 사투

사연은 달라도
자유를 유린당한
창살 없는 감옥

외로움과
그리움을 감내하는
고독의 선상(船上)

소 잃고 외양간을 고치듯
시시때때로 찔러대는
주사기의 매서움
피해 갈 수 없는
현실의 그저 안타까운 마음뿐.

우여곡절 끝 면죄부를 얻는 날
나비로 환생한
해방의 기쁨의
한 마리 작은 새
세 잎 클로버에 입을 맞추는.

부활

우리 집에 나 혼자만 사는 줄 알았다
하지만 찬찬히 살피니
함께 기거하는 또 다른 친구들
고구마, 콩, 쌀 말은 없지만 함께 동고동락하며
언제고 싹을 틔울 준비로 여념이 없다.
그들이 죽지 않고 살아 있다는 거,
참으로 놀라운 일이며
수많은 세월을 지불한 후
깨달음을 얻었지.

비문碑文

나 죽거든
양지바른 곳에
묻어 주오

산새들 노래하고
들꽃 춤추는
내 고향 산마루 그곳에

못다 한 사랑
못다 쓴 시
못다 핀 꽃
못내 아쉽지만

어이할꼬
어이할까나
우리의 인연이
여기까지인걸

하루를 더 산다고
미련이 없을까

이 시대의 진정으로
자연을 아끼고
시를 사랑하고
행복을 노래한
이름 없는 시인
이곳에 잠들다

욕심 없이 살다간 그가
가끔은 그립거든
내 무덤가에
막걸리 한 잔 뿌려다오

마지막으로 바람이 있다면
내 아끼던 시집과
코스모스와
해바라기를 심어
亡者의 넋을 위로해다오

사람이 좋다

사람을 잘 믿어
사람에 속아
실망도 하지만
그래도 사람이 좋다.

사람을 만나 사랑도 하며
눈물 젖은 이별도 하지만
그래도 사람이 좋다.

안 보면 궁금하고
보면 볼수록 좋고
허전함을 달래주는 것 또한
사람이요
사람을 믿지 못하면
누굴 믿으랴.

또다시 상처받고
실망할지라도
사람이 좋다.
누군가에게
좋은 사람으로
기억되고 싶다.

소주 한 잔에는

소주 한 잔에는
그리움이 있고
고독이 있고
아픔이 있고
못다 한 사랑이 있다.

고뇌의 찬
아버지의 눈물이 있고
몸서리치는 외로움의
잠들지 못한 영혼의 위로

진실함 속
그녀를 향한
갈구의 몸짓

맑은 술 한 잔에
무슨 출생의
비밀이 있기에
이토록 오묘한
매력이 있는가?

술(酒)

반듯하게만 보이는 시선
참고 견뎌야 하는 아픔
자존심은 길을 잃고
영혼은 슬피 운다.

까닭 모를 외로움,
불면의 밤 또한 두렵다.
신이 허락한 관음(觀淫)과 섹스
양대산맥의 불을 지피다

선악은 백지 한 장 차이,
은밀히 사슬을 푼다
잘난 놈
못난 놈
따로 있나
인간의 잣대일 뿐

고뇌의 시간을 비우자
토닥토닥 위로하자
화색이 돌며
우정이 싹튼다.

단풍(丹楓)

그토록 싱그럽던
오월의 낯빛도
흐르는 세월 앞에
고개를 떨군

산야를
핏빛으로 뒤덮는
이별의 전주곡
주검의 그림자

혹자는 아름다워
눈을 뗄 수 없지만
누군가는 고통 속에서
시름시름 말라가는

찬바람 무서리가 내리는
마지막 순간까지
온몸을 불살라 꽃을 틔우고
명예롭게 산화하는
고귀한 영혼
가히 아름다워라!

시의 빈곤

항상 목이 마르다.
항상 허전하다
항상 허기가 진다
채워도 채워도 채워지지 않는
허상의 늪처럼

새벽에도 빈곤을 채우기 위해
두 눈을 밝히고
고요함을 즐기며
별을 따는
끝없는 도전

무지의 벽에 닿을지라도
달걀로 바위를 치는
무모함일지라도
수박 겉핥기보다
산 중턱에서 하산하는
씁쓸함은 없어야 하기에...

진한 국물을 내기 위해
먹을 갈고
그물을 손질하는 어부.

샘은 끝없이
솟아나는 화수분,
우리의 영혼을 달래기엔
부족함이 없다.

술병

천사의 탈을 쓴 악마
애초부터 악마의 소굴인 것을 애써 부정하려 했던 무모함은
뒤늦은 후회 뒤 찾아오는 허탈함

가끔 일탈을 꿈꾸며 새벽까지 달리다
술병에 시달려
꼴도 보기 싫던 그가
목마름에 약속을 저버리고
사흘 만에 타협을 시도하는

인내심이 어쭙잖다
고독이라는 처절한 절규를 달래기 위해
명분 없는 의지는 모래성의 불과하단 말인가

가난한 자들의 슬픈 벗
혹자는 전통을 이어가는 최고의 작품이라
칭하지만, 딜레마의 빠진
초라한 넋두리 불과할 뿐.

제목 : 술병
시낭송 : 박순애

스마트폰으로 QR 코드를 스캔하면
시낭송을 감상할 수 있습니다.

시제 : 술병(술을 담은 병을 의미함)

식곤증食困症

한낮의 소낙비가 채 그치기도
전 안개까지
자욱하게 드리워져
나그네의 발목을 붙잡고
늘어지자
육체와 영혼이
제각기 노는 유체이탈幽體離脫을 경험하듯
기생집을 전전하며
주색잡기酒色雜技에 헤어나오지 못하는
난봉꾼처럼
내 의지에 상관없이 구름 위를
걷는 한낮의 몽환夢幻

시집을 준비하며

주사위는 공중 부양을 한다
금지옥엽 키운 여식
혼삿날을 잡았다.

설익은 밥
무지의 벽
단조로운 언어의 조합일지라도

풋풋함
무모함
솔직함으로 양념을 버무려
김치를 담으려고

야금야금 *꺼내 먹을* 생각하니
벌써 흥분의 도가니

흩어진 생각
못다 한 사랑 이야기
여지껏 흘린 눈물
모두 한곳에 모아
굴비를 엮으려고

지나고 보면 유치한 말장난에 지날지라도
젊은 날 아름다운 나의 일기장
혼자만의 비밀을 드러낸다는 것은
발가벗은 몸으로 무대에서 춤을 추는 심정

밤하늘의 무수한 별들 속에
이름 석 자를 아로새기는
고귀한 가치,
세상 무엇과도 바꿀 수 없는
마지막 자존심이기에...

詩

수많은 생각
수많은 언어
바람에 날아갈까 심히 두려웠네

미리 봐둔 잠자리채 하나를
오일장 날 구입했지
집 없이 떠도는 몇 놈 잡아와 다듬이로 다듬고
때로는 다리미로 펴고
믹서로 곱게 갈고 다져
양념을 만들어
김치를 담으려고

또 다른 놈은
우연히 씨앗을 뿌렸더니
어느새 꽃이 되어
설렘을 주네

비가 오는 날에는
라떼를 음미하며
"아드린느를 위한 발라드"
슬픈 사랑을 가슴으로 느끼며
커피가 식기 전
보고픈 임 생각에
빗소리 장단에 맞춰
몇 글자 써 내려 가는...

오! 이토록 아름다운 봄날을
혼자만이 느끼기엔
안타까운 마음에
언젠가 작은 일기장을
세상에 선보이려고.

詩2

생각을 붙들고
바람을 타고
나비가 되어
밀알을 심는 거

우연히 뿌린 수박씨
이마를 식히듯
누군가의 잔잔한 미소 앞에
더는 무얼 바라야

팔자에도 없고
박식하지도 않은
들꽃의 푸념과
사랑 이야기.

낙서는 혼자만의 놀이에서
만인의 놀이로 변질될
개연성
그날을 꿈꾸며

뇌의 한 축을 짜내
바다를 확장하며
붓의 힘을 주는....

詩3

커피 한 잔
햇살 한 바구니
이슬 한 모금
바람 한 스푼
이걸로 충분해

이름 모를 들꽃 한 송이
자동차에서
산과 들에서
행복은 이어지지

사랑은 느낌이고
시란 마음으로 쓰는 것

조금 늦게 시작했지만
더 많이 사랑을 배웠지

멈출 수 없는 열정이 있기에
샘솟는 감성이 있기에

주체할 수 없는
소용돌이
누가 막을 수 있으리오.

연화

보드레한 속살은 복숭앗빛
염화미소(拈華微笑)는
부처의 자비

소망, 은혜, 사랑
세상 모든 미사여구(美辭麗句)가 아깝지 않을...

물오른 계절
기품있는 자태로
봉황의 전설을 써 내려 가는

오뉴월 무도회는
태양에 굴복하지 않고
더없이 찬란하리라.

오늘

죽도록 밉던 사람도
뼛속 시린 이별도
어제의 눈물
어제의 몫

아랑곳하지 않고
떠오르는 태양
말끔히 씻어내고
새 역사의 지평을 향해
희망의 돛을 매단다

현금 같은 선물,
마르지 않는 샘은
아니지 아니한가

물처럼 쓰다
후회할 것이 자명한데

모두에게 균등한 기회요
사랑의 씨앗,
애인 대하듯
소중히 아끼련다.

오늘2

매일 같이 주어진 숙제는
끝이 보이지 않지만
그래도 무언가를 할 수 있다는 것이
얼마나 다행스러운 일인가

누군가가 내 손이 필요하고
나 또한 도움을 받고 의지하며 산다는 거,
메마른 사막 한가운데 홀로 피어있는
들꽃은 외롭지 않더이다

하루하루 허망한 시간 속 자유와
삶의 가치, 우주 만물의 원리를 깨닫고
숱한 시간을 까먹은 뒤 안빈낙도의
삶을 꿈꾸고 있다

내일이라고 특별히 달라질 건 없다
그저 무탈함에 감사하며
인연의 실타래를 순리대로
풀어나가고 싶을 뿐.

은행나무

워낙에 말이 없고 조용해 존재감이 없는...
첫인상이 약간은 차갑게도 보였기에
우린 그를 등한시했다.
하지만 귀족 혈통은 숨길 수 없다.
모든 꽃이 지고
잎이 낙하하는 11월
그는 발정이 났다.
몸달아 발광을 시작한다.
황금알을 잉태하기까지
수많은 밤을 울고 웃으며 지샜다,

광채의 눈이 부셔
눈이 멀 지경이고
밤에도 전등이 필요치 않다.
서리맞은 홍시만이 그를 경계할 뿐
온 세상이 그를 주목한다,
조급하면 누릴 수 없는
느림의 미학

그는 만추에 찾아오는
황금박쥐이자
눈부신 꽃이었다.
그가 있어 이별 여행은 외롭지 않다.

인생

한 치의 오차도 타협도 허락지 않는
냉정함으로 똘똘 뭉친 그를 쫓으며
때론 떠밀려 여기까지

누군가 예비해서 만든 피조물
선택의 기회마저 상실된
하찮은 미물에 불과하다
감사함을 모른 채
망상 속에 시달리며
함정에 빠트리기도

자의 반 타의 반
욕구를 채우려는 안간힘
허울 좋은 성공의 갈채
학습이 진리로 자리매김

누구를 탓하랴!
세상을 거스르지 못하고
동조하는 사람의 불과할 뿐

머나먼 정글

억세 잎에 베이고

칡넝쿨에 걸리어 넘어지는 일 부지기수

외롭다 하지만 필경 더불어 사는 세상

숫자놀음이 영원하지 않음을 알기에

푸른 초원이 개망초 숲이 되는 날

참된 가치를 깨달을 수 있는 것인지….

인연

시간의 강을 건너
윤회의 숲을 지나
같은 곳에서 만난다는 것은
우연이라 말할 수 없는
숙명의 약속

그저 만나는 사람
하찮은 만남은 없다
우리 모두 이름 모를
들꽃 같은 존재이며
군락을 이루며 향기를 내는
가을 국화인 것이다

수 많은 공전을 통해
면죄부를 얻은 우리는
사랑 속에 태어난
하나님의 작은 형상

그대 가슴에 간절한
그리움만 있다면
돌고 돌아서라도 만나는
운명의 장난

아! 누군가의 그리움의 사람
생각만 해도 입가에 미소를 그리는
아름다운 사람이고 싶어라

인연2

처음 만났지만,
왠지 낯설지 않은
편안함이 좋았습니다
우연이라 말하기엔
무언가 부족한

인연이란
잘 짜여진 드라마일까
만남 또한 피해
갈 수 없는 운명인가

내 의지해 상관없이
만나고 헤어지는
돌고 도는 물레방아

분명 우연은 아니기에
살아 숨 쉬는 모든 것
무형의 존재까지도
당신이 예비하신
인연이 아닐까?

인생의 인연因緣

우리가 정녕 전생의 무슨 죄를 지어
그 죗값을 삶이라는 고행의 시간을 통해
하루하루 갚아나가는 것일까

조물주의 심오한 뜻을
알 순 없지만,
내 뜻대로 되는 건 세상의 하나도 없다
만남 헤어짐 하물며 죽음까지도

우린 어느 별에서 왔고
어디로 자꾸만 흘러만 가는 것일까?

어제까지 나를 좋아했던 사람이
오늘 나를 등지고 가는 세상,
그래도 한결같이 나를
아껴주는 당신을 위해
영혼을 울리는
한 송이 꽃이 되고 싶다.

일탈(逸脫)

진달래가 예쁘다더니
요염한 장미의 유혹에 빠지고
가을엔 청초한 코스모스에
한눈을 파는

허기진
무언가를 쫓아
후미진 뒷골목을
배회하는
수캐의 끝없는 유랑

유희遊戲의 순간은
꿀같이 달고
짜릿하지만
양심은 엿장수와
바꾼 희미한 기억

두 동강 나
파국으로 치닫는
반지의 눈물.

해우소(解憂所)

긴 호흡과 함께
샅바 싸움이 시작되었다
승부가 싱겁게 끝나기도 하지만
때로는 장기전에 돌입,
마중물을 부어도 소용이 없기는
매한가지

세상의 쉬운 일이 없듯
내 몸 하나 내 맘대로 되지 않는

온전한 공간에서
순리를 배우고
망중한(忙中閑)
삶을 돌아보는

절대 자유 속
비움의 가치를
깨닫는
성찰의 시간.

치매

당신이 계신 곳에는
사계절 눈이 내립니다.
눈은 봄이 와도 녹지 않으려는지
더욱 견고해졌습니다

얼마나 상처가 깊은지
계속 피가 납니다.
지혈이 안돼 그저
지켜볼 뿐입니다

무슨 이유로
단절을 택한 건지 몰라도
분명한 것은
기억을 지웠다는
너무도 아파
소리 없이 울고 있다는

모진 세월 버겁기도 하련만
서리 위에 눈이 또 내립니다
눈은 이제 추억마저 앗아갔습니다.

차가운 바닥에 나뒹구는

개밥그릇인양

냉대 속

또 하루 멀어져 갑니다.

행복

따뜻한 커피
따뜻한 고구마
따뜻한 난로

따뜻한 스웨터
따뜻한 사랑방
따뜻한 그의 입술

따뜻한 창가에서
시를 쓰면 더 좋다

행복은 돌담의 햇살이요
가마솥의 찰진 밥이다.

황금어장

어느 놈은 틈바구니에 잡히는데
어느 놈은 손가락 사이로
쏙쏙 빠져나가네

눈만 뜨면 잡아서 열쇠로 채워 놨는데
이제 보니 어장의 물이 반이 빠져나갔네

고기는 더 잡을 수 있지만
물은 점점 메말라
결국에는 빈 곳간 나무껍질.

시인의 향기

문재평 시집

초판 1쇄 : 2017년 8월 22일

지 은 이 : 문재평

펴 낸 이 : 김락호

디자인 편집 : 이은희

기 획 : 시사랑음악사랑

인 쇄 : 청룡

연 락 처 : 1899-1341

홈페이지 주소 : www.poemmusic.net

E-Mail : poemarts@hanmail.net

정가 : 10,000원

ISBN : 979-11-86373-84-2